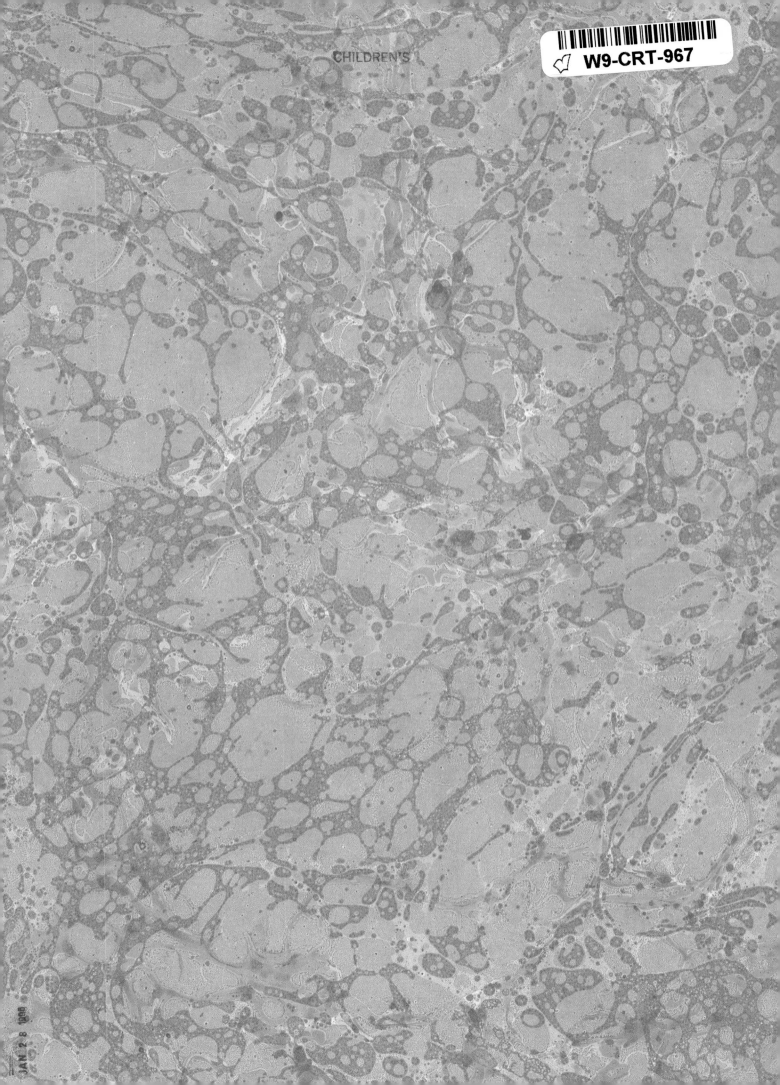

Les éditions Les 400 coups remercient
le Conseil des Arts du Canada du soutien accordé
à son programme d'édition dans le cadre du programme
des subventions globales aux éditeurs
et la SODEC pour son appui financier
en vertu du programme d'aide aux entreprises du livre
et de l'édition spécialisée.

Poil de serpent, dent d'araignée
est le deuxième titre publié dans la collection *Billochet*.

Conception graphique et mise en pages : Labelle & fille
Révision et correction : Dominique Stengelin

Diffusion au Canada :
Dimedia
539, boulevard Lebeau
Saint-Laurent (Québec)
H4N 1S2

Dépôt légal - 3ᵉ trimestre 1996
Bibliothèque nationale du Québec
Bibliothèque nationale du Canada

ISBN
2-921620-04-9

Poil de serpent dent d'araignée

DANIELLE MARCOTTE
STÉPHANE POULIN

Pour Alex

Les 400 coups

Ce jour-là, le cordonnier Charles Robidoux bout de rage. Il tempête parce qu'on lui a volé la cassette[1] de bois dans laquelle il cache ses pièces d'or. Comme d'habitude, quand quelque chose ne va pas, il accuse sa fille plutôt que de reconnaître ses torts.

— Florentine ! Où as-tu mis ma cassette ? tempête-t-il en faisant trembler les murs de la maison.

— Votre cassette ? Quelle cassette, père ?

— N'essaye pas de jouer les finfinaudes avec moi, espèce de petite voleuse. Bout de bois mort de bout d'épinette ! Je n'aime pas qu'on prenne mes affaires !

— Je vous jure, père, que je n'ai touché ni à votre cassette ni à rien de ce qui vous appartient !

— Et menteuse, avec ça ! Ah ! je ne sais pas ce qui me retient de te donner la leçon que tu mérites !

Avant que son père n'empoigne son tire-pied pour la battre, Florentine se sauve de la maison.

Le soleil va bientôt se coucher aux abords de l'étang où Florentine s'est cachée tout le jour pour éviter le courroux paternel. La brunante attire les animaux qui viennent se désaltérer avant la nuit. Florentine observe les biches entourer leurs faons de mille précautions. Ah ! comme sa mère lui manque ! Particulièrement des jours comme celui-ci. Si seulement elle n'était pas morte en lui donnant naissance ! Jamais son père n'oserait lever la main sur elle, si sa mère était encore là.

Tout à coup, l'attention de Florentine est attirée par un étrange babillage. Elle aperçoit entre les branchages un garçon à l'aspect douteux. Ses vêtements sont sales et déchirés. Ses cheveux ébouriffés n'ont pas vu le peigne depuis des lustres. Dans le dernier rayon de soleil, Florentine devine sur son visage rouge et bouffi des éruptions et des verrues disgracieuses. Cependant, ce qui dérange tient moins à son allure qu'à ses façons. À croupetons dans l'herbe humide, fouillant d'un bâton les tiges d'osier et les quenouilles, le garçon parle d'une voix rauque qu'il tente de faire invitante. Troublée, Florentine force davantage son attention. Elle découvre alors, autour du garçon, une multitude de crapauds visqueux et purulents. Le garçon les empoigne tour à tour à mains nues et leur fait cracher de la bave dans un pot de grès posé à ses pieds. Non seulement l'opération ne semble pas le dégoûter, mais encore il prend soin de caresser les crapauds en les remerciant à mots doux.

Florentine est terriblement inquiète. Elle n'a jamais vu ce garçon à l'école. Ce doit être le fils d'un de ces paysans mal famés dont son père lui a recommandé maintes fois de se méfier. Dieu sait ce qu'il lui ferait subir s'il l'apercevait ! Elle juge plus prudent de s'enfoncer dans les buissons pour échapper au danger. Malheureusement, son pied fait craquer une branche et l'affreux gamin lève les yeux sur elle.

— Ah ben ! On a de la compagnie ! Tu te sauvais de moé, là ?

Florentine cherche une excuse. Elle ne veut pas passer pour une peureuse, mais elle n'a aucune envie d'engager la conversation avec cet énergumène.

— Pas du tout ! Je me cachais pour ne pas effrayer tes crapauds.

Le garçon lui adresse un sourire engageant. Toutefois ses dents gâtées transforment ce sourire en grimace et Florentine se méfie encore plus de lui.

— T'es pas de par icitte, toé. Je m'appelle Crapoussin, rapport aux crapauds. Je t'ai jamais vue dans le coin. Vous autres, demante-t-il à ses crapauds, vous l'avez déjà aperçue, cette créature ?

Florentine serre les poings d'inquiétude. Elle n'aurait pas dû désobéir à son père en venant à l'étang. Ce garçon aux allures et au parler étranges ne fait qu'augmenter son trouble.

— Elle doit avoir un ben gros désagrément pour s'égarer jusqu'icitte, rapport que c'est pas pantoute[2] la place d'une créature du faubourg icitte.
— J'avais seulement besoin d'être seule pour réfléchir, fait Florentine en essayant de cacher sa peur.
— Réfléchir ! Crapoussin roule le mot dans sa bouche comme s'il s'agissait de quelque chose de rare. Réfléchir ! Ben, c'est que ça doit être grave, alors. On pourrait peut-être ben l'aider, hein, les crapauds ?

— Personne ne peut m'aider. Personne ! répond Florentine sans y penser, regrettant aussitôt de s'être ainsi compromise.

— Personne au faubourg, c'est certain. Mais icitte…

— Quoi, ici. On fait peut-être des miracles, ici ?

— Par icitte, ma belle, les désagréments, on a des manières de les traiter qu'on n'imagine même pas au faubourg !

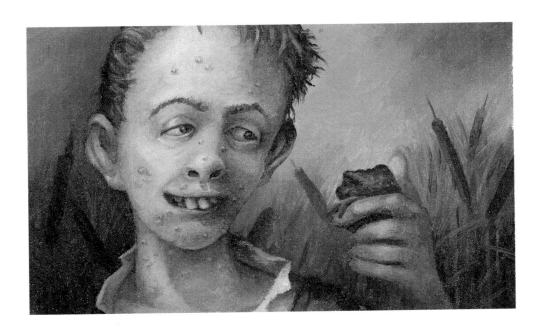

Florentine sent un long frisson lui parcourir le corps. Elle a déjà entendu parler des «manières» douteuses des grichous[3] de l'étang. Au faubourg, des rumeurs terrifiantes courent à leur sujet. On parle de ramancheux[4], de sorcières, de jeteux de sort[5], de cérémonies secrètes, de magie. On prétend même que le Diable n'est pas étranger à toutes ces manigances.

Florentine ne veut pas avoir affaire au Diable, c'est certain. Pourtant, elle se sentirait prête à affronter Satan en personne si c'était le seul moyen de transformer son père, de faire en sorte qu'il l'aime et qu'il cesse de la battre. Elle interroge Crapoussin. Ses réponses la rassurent vaguement, mais surtout elles permettent à Florentine de s'accoutumer petit à petit à lui. Elle finit par se convaincre que, malgré son apparence inquiétante, le garçon a sans doute bon cœur puisqu'il cherche à l'aider. Ainsi finit-elle par raconter son histoire à Crapoussin.

— Trouve le voleur et confonds ton paternel ! s'écrie Crapoussin quand Florentine a terminé son histoire. C'est facile sans bon sens de faire paraître le visage d'un voleur dans un miroir ! Même moé, je suis capable de le faire, c'est tout dire !

Forte de l'espoir de montrer le vrai coupable à son père, Florentine décide de faire taire ses craintes. Elle accepte de suivre Crapoussin dans un sentier cabouronneux[6] s'enfonçant dans la forêt.

Ils n'ont pas très longtemps à marcher, mais cela semble des heures à Florentine que la nuit maintenant tombée effraie. Pour elle, les longues branches s'agitent comme des spectres, et elle croit reconnaître dans le bruissement des feuilles le glissement de fantômes traîtres et pernicieux. Au bout de vingt minutes, ils débouchent sur un chemin de ferme. Crapoussin se plaint de ce que la pleine lune éclaire la route. Ils doivent piquer à travers le maïs qui heureusement est encore sur pied et camoufle leur avance.

En silence, ils pénètrent dans une basse-cour. À l'entrée du poulailler, Crapoussin laisse un moment ses yeux s'habituer à l'obscurité. Enfin, il repère ce qu'il est venu chercher : une poule noire. Après avoir, sans bruit, vidé un sac de ses grains, il s'empare de la poule qu'il enveloppe dans le jute. Les cris de la poule ont tôt fait d'exciter ses voisines. Toute la basse-cour se met bientôt à caqueter et à glousser.

— Filons avant que le fermier nous attrape ! dit Crapoussin en enjambant une clôture de perche.

— Mais c'est du vol ! s'indigne Florentine, une fois qu'ils ont regagné l'abri de la forêt.

— Des poules, ils en ont tant et tant qu'ils ne s'en apercevront même pas. Pis, pas de poule noire, pas de voleur dans le miroir. Bon, la fleur de puissance du diable astheure[7].

— La fleur de puissance du diable ? Oh ! C'est trop affreux ! Laissons tomber.

— Et laisser ton père continuer à te tapocher[8] sans bon sens pour des méfaits que t'as même pas commis ? Beau dommage !

En route, Crapoussin explique à Florentine que la fleur de puissance du diable est une fleur extrêmement rare. Elle ne fleurit qu'une fois par année, à minuit, une certaine nuit de la dernière semaine de juin. Elle ne dure qu'une heure. Il faut cueillir la plante au moment où la fleur s'ouvre. Elle confère alors à celui qui la possède des pouvoirs magiques.

— Mais où trouverons-nous une telle fleur cette nuit ? s'inquiète Florentine.

— Chez l'Avocat. En route !

La soirée est très avancée quand les enfants s'arrêtent enfin devant une grotte dissimulée derrière des buissons. C'est la cachette où le soldat Beaufort se retire quand il n'est ni de corvée ni de garde. Ses camarades l'ont surnommé l'Avocat à cause de ses talents de beau parleur. Crapoussin sait, lui, que l'Avocat a bien d'autres talents que celui de parlementer. L'Avocat est en fait un sorcier. Il n'hésite pas à recourir à la magie pour régler les problèmes qui lui sont confiés. Maintes fois Crapoussin l'a suivi en secret jusqu'en son repaire pour l'épier durant ses rituels.

Crapoussin remet la poule noire à Florentine et lui recommande de rester en retrait tandis qu'il pénétrera dans la grotte. L'Avocat est de corvée ce soir-là. Aussi Crapoussin entend-il lui emprunter sa fleur de puissance du diable. Il la lui remettra au lever du jour. Avant de passer le seuil, le garçon fait trois fois le signe de la croix de la main gauche.

— C'est pour conjurer le sort, explique-t-il à Florentine avec son curieux sourire édenté. On ne sait jamais…

Au bout d'un temps interminable, il ressort enfin, les mains et les genoux ensanglantés. Mais il est bel et bien en possession de la fleur de puissance du diable qu'il porte avec d'infinies précautions. Il explique ses écorchures par l'obscurité qui l'a fait se cogner contre les parois rocheuses. Florentine craint qu'il n'ait dû se battre contre quelque créature surnaturelle pour obtenir ce qu'il cherchait.

— Il est près de minuit. Il faut se dépêcher.
— Où allons-nous encore ? demande Florentine, épuisée.
— Chez moi. C'est plus très loin astheure.

En effet, au bout de dix minutes, ils se trouvent devant une cabane grisâtre camouflée sous les branchages à l'endroit le plus sombre de la forêt. Les murs sont moisis et vermoulus. Des planches défoncées font un trou au milieu de la galerie. La cabane est dans un si piteux état qu'on dirait une maison abandonnée. Crapoussin pousse la porte et un craquement sinistre emplit la nuit.

À l'intérieur, c'est pis encore. Tout n'est que désordre et désolation. La maison est mal tenue. Cela pue le tabac froid et la pourriture. Sitôt que Crapoussin allume la lampe, Florentine voit se confirmer ses pires appréhensions. Il y a des toiles d'araignées partout. Des taches de graisse maculent les murs. Un énorme chaudron est suspendu dans l'âtre et répand une odeur acre dans la pièce. Sur une tablette, des fioles aux formes étranges contiennent des poudres et des liquides aux noms terrifiants : os de chacal, langue de vipère, sang de génisse, poils de loup, pattes d'araignée, venin de scorpion, queue de souris...

Rien de tout cela pourtant ne semble affecter Crapoussin qui d'un coup de manche balaie la table pour y poser la fleur de puissance du diable. Le voilà maintenant qui court dans tous les coins de l'unique pièce, déposant tour à tour ses trouvailles sur la table : il y a du fil de lin, de la craie, des chandelles de suif, un crucifix, un miroir, une fiole de bave de crapaud. Finalement, de sous la paillasse, Crapoussin retire avec des précautions de sage-femme un vieux livre relié pleine peau dont les pages jaunies semblent contenir des secrets séculaires.

Ses instruments rapaillés, Crapoussin fait couler la cire et plante les chandelles directement sur la table, tout autour du miroir sur lequel il pose la fleur de puissance du diable. Il répand ensuite des pincées de poudre jaune et rouge et dessine à petits coups précis des signes mystérieux sur le miroir. Il désigne enfin du bout du menton le vieux manuscrit à Florentine.

— Tu sais lire, toé. Trouve la formule pour les voleurs.

La main tremblante, Florentine feuillette les pages racornies. Ses yeux s'épuisent à tenter de lire dans la lueur vacillante des bougies les titres des recettes et des formules écrits en lettres nerveuses et tarabiscotées : *Préparation de la poudre de perlimpinpin, Manière de jeter le mauvais sort, Comment faire tourner les tables, Formule pour changer les princes en crapauds, Poison pour endormir les princesses, Recette pour arracher la vérité aux menteurs, Formule pour confondre les voleurs...*

— Nous y v'là toujours ben ! jubile Crapoussin avec un sourire qui fait craindre le pire à Florentine. Passe-moi la poulette, astheure.
Avec un bout de fil de lin Crapoussin noue les pattes de la poule et fixe à son bec un morceau de craie. Il empoigne la poule et tient son bec au-dessus du miroir.

— Vas-y astheure, lis la formule.

D'une voix hésitante, Florentine commence à réciter :
Abracadabri, Abracadabra
Miroir magique parle-moi
Pois de senteur, coquille de noix
Un rat a défié la loi
Abracadabri, Abracadabra
Miroir magique montre-le-moi...

Un craquement venu d'outre-tombe déchire la nuit. Une voix ronde et nasillarde retentit dans le dos de Florentine et Crapoussin qui se tournent d'un coup.

— Par la bave de mon crapaud !

Dans l'embrasure une femme terrifiante gonfle la poitrine de colère. Ses joues burinées et son nez verruqueux rougissent à vue d'œil. Ses yeux jettent des lueurs d'enfer dans la pièce. Sa main agrippée à un bâton de quêteux appelle toutes ses forces vengeresses. Florentine se dit que les colères de son père ne sont rien à côté de ce dont cette furie semble être capable.

— Face de rat ! Sans-cœur ! Cul-terreux ! Tu veux attirer les foudres éternelles de l'enfer sur ma maison ?

La mégère se rue sur la table et éteint les chandelles en pinçant les mèches de ses doigts nus. Puis elle jette sur Florentine un regard foudroyant.

— Qui c'est, celle-là, et que fait-elle sous mon toit ?

— C'est Florentine. C'est pour l'aider que...

— Toi, misérable, tais-toi ! Espèce de petit vaurien ! Tête de linotte ! Quand je pense... Grand Belzébuth, pardonnez-lui ! Je me charge de le punir moi-même. Quant à toi, ma fille, tu as besoin d'avoir une bonne raison de te tenir ici. J'écoute.

Florentine raconte en tremblant l'injustice que lui a faite son père en l'accusant à tort d'avoir volé son or et comment Crapoussin a voulu lui venir en aide pour lui éviter d'être battue encore une fois. La vieille femme examine le miroir et étudie les signes que Crapoussin y a dessinés.

— C'est qu'il promet, le petit vlimeux, siffle-t-elle entre ses dents pourries. Ce n'est pas une raison pour se croire tout permis.

La sorcière pointe son bâton en direction de Crapoussin qui se fait tout petit dans son coin.

— On ne fait jamais, tu m'entends, jamais d'incantation sous mon toit !

La vieille a un sourire mauvais aux lèvres. Ses doigts crochus feuillettent le livre à la recherche de quelque formule dont Florentine pense avoir tout à craindre. Soudain sa main s'arrête de chercher et lisse le parchemin. Les yeux de la sorcière lancent des éclairs.

— Ramassez-moi tout ça et suivez-moi ! ordonne-t-elle aux enfants qui s'empressent de lui obéir et de la suivre hors de la maison.

La vieille femme se dirige en boitant vers la Croisée-des-grands-chemins. C'est là que, depuis des temps immémoriaux, sorciers et sorcières viennent la nuit invoquer les esprits et le Diable.

Cette nuit-là, quelque chose d'inhabituel perce dans l'atmosphère touffue. Pas un animal ne respire. Pas un insecte ne bouge. Le vent est brusquement tombé. Tout est tendu. Pourtant habituée à ce silence de mort, la sorcière elle-même avance à pas feutrés. Les enfants serrent contre eux la poule noire, le miroir et la fleur de puissance du diable. Terrorisée, Florentine voudrait ne jamais avoir rencontré Crapoussin.

Voilà que la vieille femme s'arrête tout à coup devant un gros rocher gisant au pied de trois énormes chênes. Elle fait signe aux enfants d'y poser la fleur et le miroir. S'emparant de la poule noire, à grands gestes inquiétants elle trace sur le rocher d'étranges signes en sifflant entre ses dents :

— Qui a pris la cassette de Charles Robidoux ?

Ses macabres arabesques terminées, elle lève très haut les bras au-dessus de la tête pour prendre les ténèbres à témoin et, d'une voix rauque et menaçante, elle rugit :

Mangeur d'automne, strappe à rasoir

Je te maudis, je t'ensorcelle

Tablisbo, couenne d'enfer

Si tu ne me dis pas

Qui s'est emparé de toi

Sacari, sacara

Bac à tabi, blague à tabac

Tu te souviendras de moi

Sa voix grave et caverneuse s'élève dans la nuit, prend de l'amplitude, fait trembler les arbres et vaciller les feuilles de la fleur de puissance du diable.

Poil de serpent, dent d'araignée

La vérité vous me direz

Bec de canard, patte de rat

Dans ce miroir apparaîtra

Patchankari, patchankara

La tête de qui se joue de moi

Saisissant un flacon attaché à sa ceinture, elle verse un soupçon d'huile de citronnelle sur le miroir et, se servant du bec de la poule comme d'une cuillère, elle y dilue des poudres. Une buée mystérieuse couvre petit à petit le miroir.

Voilà que le ciel se fracasse. Un grand éclair le déchire et traverse l'horizon. Tous les animaux de la création se réveillent à la fois et crient leur fureur à l'unisson. Un vent sec souffle sur la Croisée. À un mille autour, la forêt est dévastée. Les enfants s'accrochent l'un à l'autre pour ne pas être emportés dans la fureur.

— Langue de vipère ! jure la sorcière en lançant partout des yeux mauvais. Ce miroir refuse de répondre !

La vieille femme enrage à présent. La voilà qui crache par terre. S'emparant du bonnet de Florentine, elle le jette sur son gravat et le piétine furieusement.

— Par la bave de mon crapaud, miroir, vas-tu parler ?

Tout à coup, une feuille de la fleur de puissance du diable se détache et tombe sur le rocher. Le vent se pose. Les animaux s'apaisent. Le ciel remet de l'ordre dans ses nuages. Dans le miroir, une ombre bouge. Florentine se cache derrière ses mains. Crapoussin, médusé, a bien trop peur pour bouger.

— Par les poils de nez de ma grand-mère ! s'écrie la sorcière. Tout ce branle-bas pour ça ? Ma fille, ton père va se souvenir de moi ! On n'implore pas le Diable pour des vétilles !

Sur quoi la vieille femme remballe ses affaires sans une explication de plus. Ni Crapoussin ni Florentine ne surent jamais ce que la vieille femme avait vu dans le miroir.

Pourtant, en rentrant chez elle, Florentine trouva son père en fort mauvaise posture. Elle ne put s'empêcher de croire que cela était lié avec ce que la sorcière avait vu dans le miroir tant la scène qui l'attendait était extraordinaire. Charles Robidoux était poursuivi par son tire-pied qui s'agitait tout seul dans les airs et lui administrait inlassablement la bastonnade. Le sortilège dura sept jours et sept nuits au bout desquels Charles Robidoux, épuisé, fit toutes les promesses qu'on lui demanda. Il jura de ne plus jamais accuser sa fille à tort, et surtout, surtout, de ne plus jamais lever la main sur elle.

Crapoussin dut lui aussi payer le prix pour avoir désobéi. Il fut transformé en crapaud et dut vivre trois longues journées parmi ses amis de l'étang. Mais il n'était pas au bout de ses peines. Quand il retrouva enfin son apparence, ce fut pour s'apercevoir que l'Avocat l'attendait à son tour pour le punir d'avoir volé sa fleur de puissance du diable.

On raconte que Florentine dut, avant de partir, laisser un gage à la sorcière : une mèche de ses cheveux. La vieille femme jura de transformer Florentine en balai si cette dernière s'avisait de revenir à l'étang. Bien entendu, Florentine n'avait aucune envie de revenir à l'étang ni de se frotter de nouveau aux grichous. Ce fut avec beaucoup d'appréhension qu'elle se hasarda désormais hors du faubourg, et seulement si elle en avait l'obligation absolue. On la vit maintes fois pratiquer de longs et pénibles détours pour éviter l'étang.

Glossaire

1
CASSETTE : Coffret.

2
PANTOUTE : «Pas du tout»

3
GRICHOU : «Personne malcommode;
personnage fantastique qui tient du diable.»

4
RAMANCHEUX : «Rebouteux»

5
JETEUX DE SORT : «Sorcier»

6
CABOURONNEUX : «Rempli de cabourons», c'est-à-dire d'obstacles
(racines, roches, etc.), de buttes.

7
ASTHEURE : «À présent, maintenant.» À cette heure.

8
TAPOCHER : «Battre à coups de poings.»

Achevé d'imprimer
en Octobre 1996
aux presses de Litho Mille-Îles Ltée

Le billochet est un billot bas sur lequel s'installaient
les biyoeé, conteurs sur les chantiers forestiers.

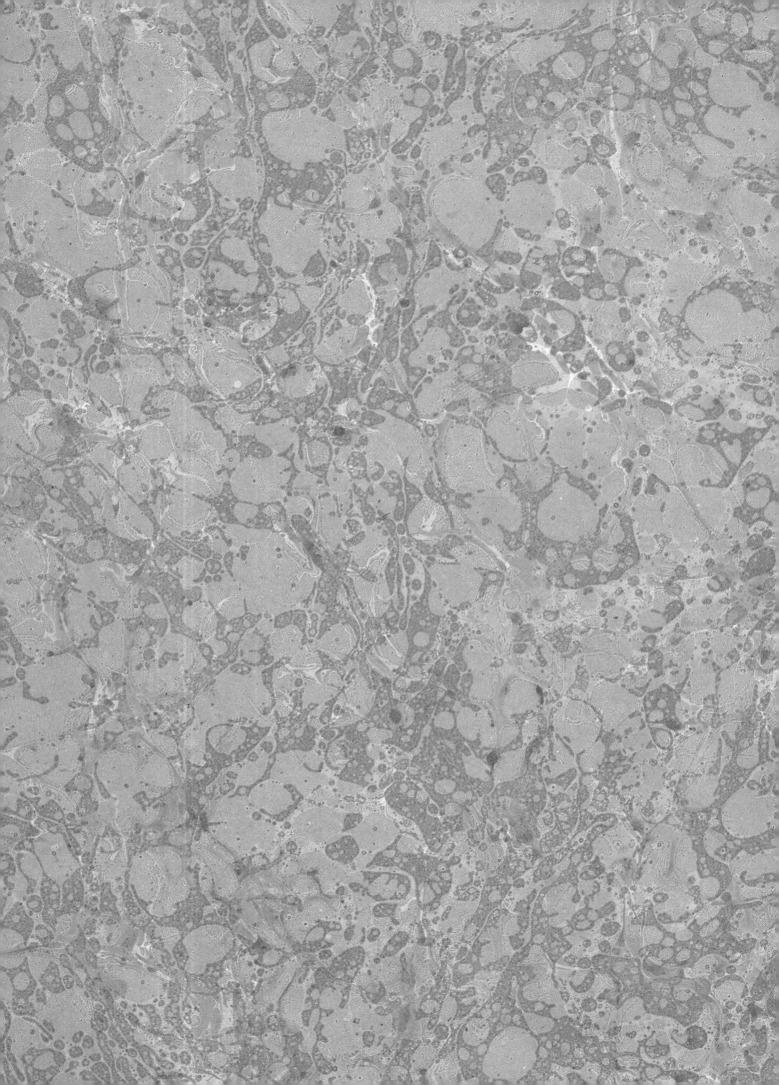